Ein Zeichen der Zuneigung

suu Morishita

Inhalt

* Wenn der Text in den Sprechblasen grau ist, bedeutet das, dass Yuki die Wörter von den Lippen ihres Gegenübers abliest und sich aus dem Kontext des Gesprächs erschließt. Die Stellen, die unleserlich sind, sollen ausdrücken, dass es Yuki nicht richtig gelungen ist, die Lippen zu lesen.

Charaktere

Itsuomi Nagi

Yukis älterer Kommilitone. Er ist in der AG für interkulturellen Austausch. Er arbeitet in Kyoyas Bar und reist als Backpacker um die Welt.

Yuki Itose

Eine fast gehörlose Studentin. Sie ist fasziniert von Itsuomi, weil er sie bei ihrer ersten Begegnung ganz normal behandelt hat. Jetzt sind sie ein Paar.

Rin Fujishiro

Yukis Freundin ist in derselben AG wie Itsuomi. Sie ist in Kyoya verknallt.

Oshi Ashioki

Ein Kindheitsfreund von Yuki. Er kann die Gebärdensprache und hackt ständig auf Yuki herum.

Kyoya Nagi

Er ist Chef der Bar, in der auch Itsuomi, sein Cousin, arbeitet.

Ema Nakasono & Shin Iryu

Sie waren auf der Oberschule in einer Klasse mit Itsuomi. Ema war in Itsuomi verliebt.

Geschichte

Studentin Yuki hat von Geburt an eine nahezu vollständige Hörminderung. Ihr Kommilitone Itsuomi behandelt sie trotz ihres Handicaps wie jedes andere Mädchen. Mit der Zeit entwickelt Yuki Gefühle für ihn, die immer stärker werden. Sie beginnen eine Beziehung, in der Itsuomi sie sehr behütet. Je mehr Seiten von ihm sie kennenlernt, desto stärker verliebt sich Yuki in ihn. Als Itsuomi ihr eines Tages vorschlägt, zusammenzuziehen, teilt sie ihm all ihre Gefühle mit, auch die, die sie bisher für sich behalten hat. Sie bekommen von Yukis Eltern die Erlaubnis und ziehen zusammen. Überraschenderweise ist ihr neuer Nachbar der Bruder eines Freundes von Itsuomi!

Zeichen 41
Eine Geschichte über das Gegenteil von Hass

Ein Zeichen der Zuneigung

Es ist ja nicht so, als hätte ich mir in der Zeit ...
... in der ich Yuki nicht gesehen habe, keine Gedanken gemacht.
Ich habe mich ...
... an unsere Kindheit erinnert.

Hast du das gewusst, Oshi?

Das Gegenteil von Liebe ...
... ist gar nicht Hass, sondern Gleichgültigkeit!
Wer denkt sich denn so was aus?
Hm ... Kann ich schon nachvollziehen ...
Ach, ist auch egal ...
Lade den DS auf, wenn du fertig mit Spielen bist!
Kriek
Du gehst heute zum Schwimmen, oder?
Ich geh jetzt raus spielen und nehm ihn mit.

Geht's noch?!
Mama, ich bin dann weg!
Argh ... Blöde Mio!
はるかわスイミングクラブ
さっ!
Schwupp
...

Das ist sie! Ich glaube, sie heißt ... Yuki?

Oder so ähnlich.

Wieso rennt sie mit ihren kurzen Beinchen so schnell? Hat sie es eilig?

!
Schon wieder!
Schwupp!
Mio?!
Mit ihr hat sie sich zum Zocken verabre-det?!
Ich kann nichts hören! Welches Spiel zeigt sie ihr?!
Wehe, du amüsierst dich allein, während sie sich lang-weilt!
!!!
Wink

»Geht es dir gut?«

Flitz
Ups! Ich hab ja doch ...
... Gebärden benutzt!
»Das Gegenteil von Liebe ...
... ist gar nicht Hass ...
... sondern Gleichgültigkeit!«
Warum ...

Spaß mit Gebärdensprache

Mein erstes

Flapp

Selbst wenn ...

... ich die Gebärden-sprache lerne ...

... benut-ze ich ...
... ihr gegen-über ja doch nur Stiche-leien.
Dummme Nuss!
Dabei lerne ich sie gar nicht ...
Sie ...
... hasst mich be-stimmt.
... um solche Sachen zu sa-gen.
Sogar im neuen Schuljahr muss ich sie ständig necken.
Man könnte fast mei-nen ...

... ich tue das nur, damit ich ihr auf gar keinen Fall gleichgültig bin.
Tapp
Tapp
Jetzt habe ich ...
... das Schwimmen bis zur sechsten Klasse durchgezogen.
Hat das nicht ein Lob verdient?

Tapp Tapp Tapp
たたた

Wartest du auf den Bus zum Schwimmbad?

Ja.

Wie Auhos ...

... wollen bestimmt schnell weiterfahren, dachte ich mir.

Ach?

Wie rücksichtsvoll kann man sein?

Wer ist das?

Oshi!

Oh, ich kenne sie!

Sie kann nicht hören!

Luhen Hag!

Wow ...

Was denn?

Du hast sie doch gehört.

Ha ha ha

Wie sie spricht ...

... das klingt halt total seltsam.

Hat Yuki ...
... ihre Lippen ...
... gelesen?

Seht ihr?! Jetzt weint sie!
Uff! Ich hab nicht damit angefangen!
Tut mir leid! Nimm's mir nicht übel, ja?
Seht zu ...
... dass ihr Land gewinnt!
Uwah! Ich hab mich doch entschuldigt!
Schwing
Ist ja gut! Wir verziehen uns!
Entschuldige bitte!

Wenn ich es in solchen Momenten ...
... fertiggebracht hätte, Yuki aufzumuntern ...
... hätte ich ihr vielleicht ein wenig Kummer ersparen können.
はるかわスイミングクラブ
Von diesem Tag an ...
... hat Yuki draußen nicht mehr gesprochen.
Sie wird mich jetzt ...
... bestimmt noch mehr hassen ...
Roll
...
Da fällt mir ein ...

Wupp
Was ist eigentlich das Gegen-teil von Hass?
Ich hab das Gefühl ...
... ich sollte lieber nicht weiter darüber nachdenken.
Sie hört fast nichts! Darum mache ich mir Sorgen!
Das ist doch ganz normal!
Sie ist auch nur ein normales Mädchen!
Sie hat das Recht, glücklich zu werden!
Ja, genau!
Ich werde nicht noch tiefer gra-ben!!

Nicht weiter drüber nachdenken!
Sonst …
Weekly Shonen Jip
Ich würde …
… Yuki nur noch mehr verletzen.

Ich mag dich.
Bitte geh mit mir aus!
Ah …

Okay ...
Probieren wir es aus.

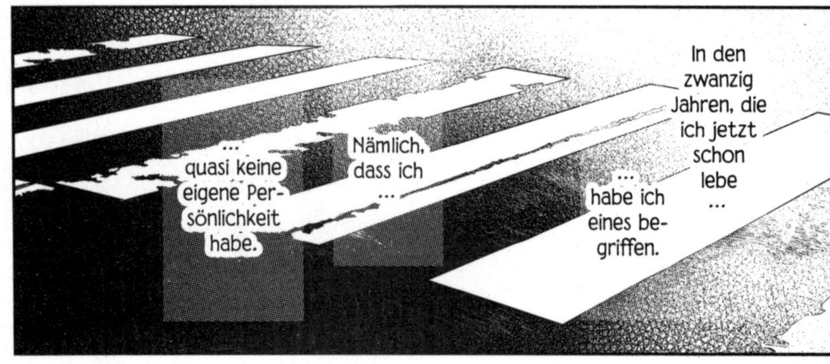

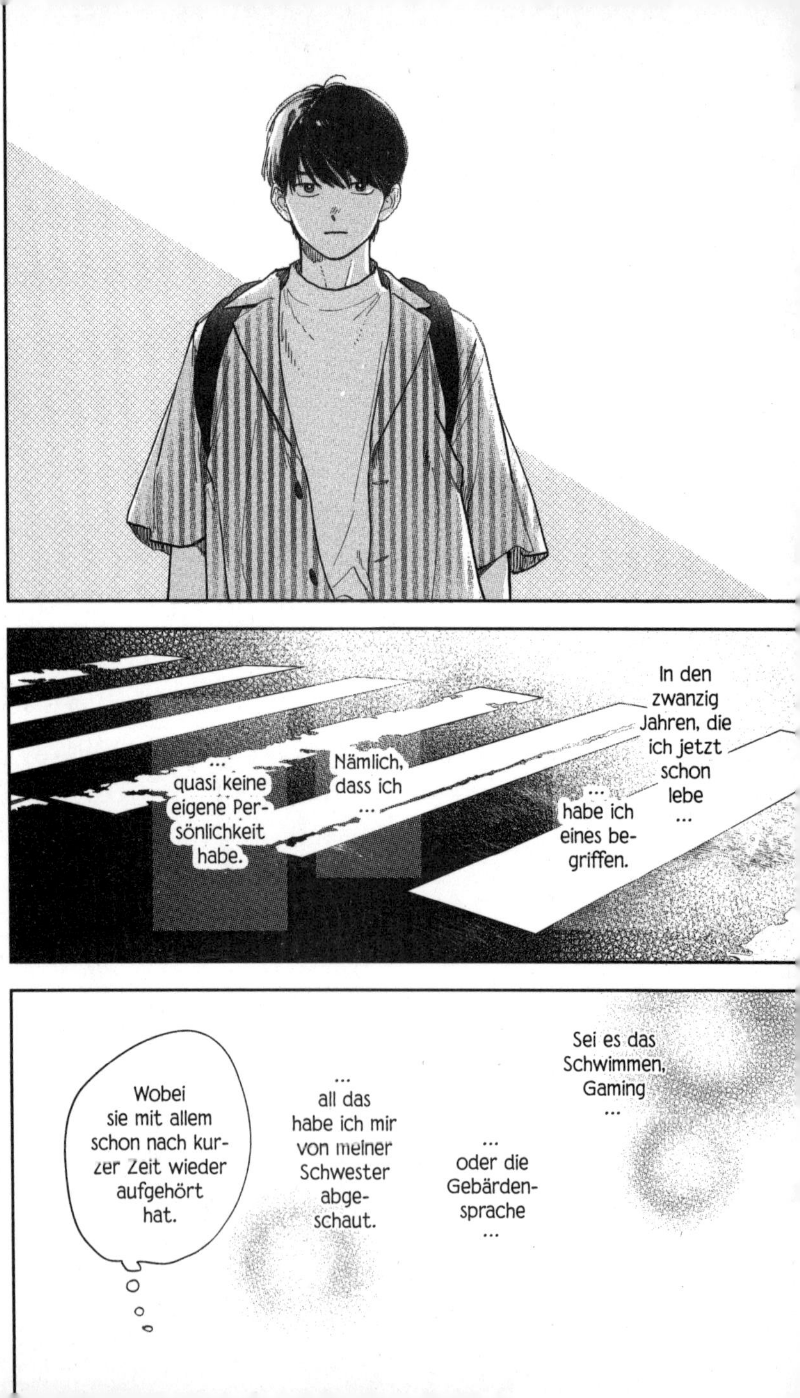

Sei es das Schwimmen, Gaming …

… oder die Gebärdensprache …

… all das habe ich mir von meiner Schwester abgeschaut.

Wobei sie mit allem schon nach kurzer Zeit wieder aufgehört hat.

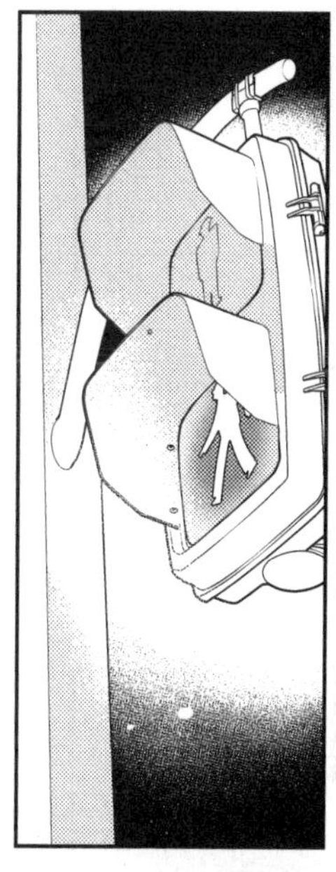

Sogar Batayan und Mi-toki ...

... hab ich in die Sa-che ver-wickelt.

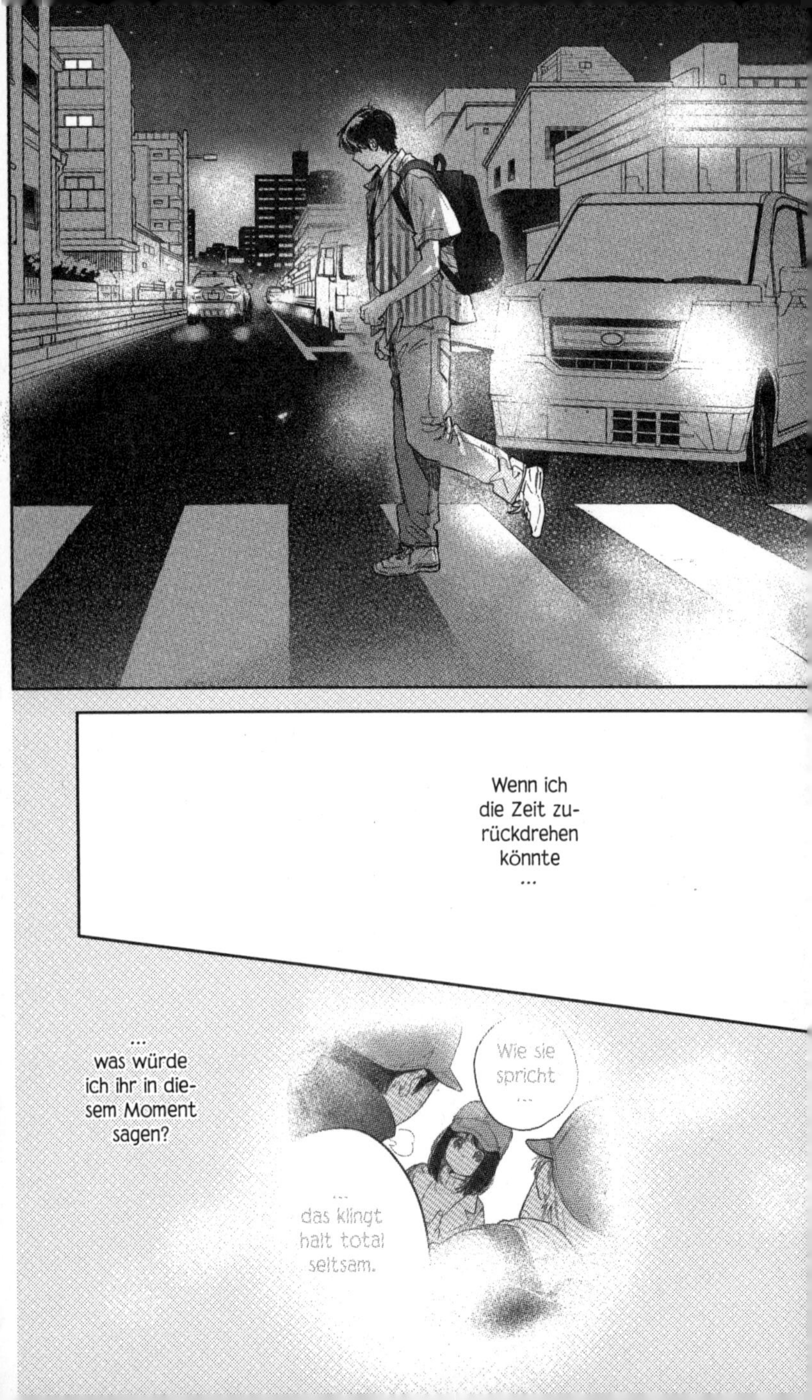

Wenn ich die Zeit zurückdrehen könnte ...

... was würde ich ihr in diesem Moment sagen?

Einem
...

...
super-
lieben
Mädchen
wie ihr
...

Luhen
Hag!

...
das sein
Bestes
gibt
...

...
um mit
seiner Stim-
me Worte
hervorzu-
bringen?

Ich
fand nie,
dass sie
seltsam
klingt.

...
total
warm ums
Herz
...

...
wenn
ich sie
höre!

... Yuki lebt in einer anderen Welt.

Sie nimmt mehr Informationen über die Mimik auf ...

... als über die Sprache.

Was für ein Gesicht mache ich ihr gegenüber?

Das war alles ...

... woran ich denken konnte.

Hah
Wieso habe ich kein einziges Mal …
Wieso ist es mir …
»Das finde ich …
… alles andere als nett.«
… auf Yukis Gefühle Rücksicht zu nehmen?
… nie gelungen …

Ding
Dong
Ding
Dong
Hah
Hah
Klack
Hör mal ...
Hast du eine Ahnung, wie spät es ist?
Vier Uhr ... Sorry ...
Hm? Was ist los?
Batayan ist auch da?
Schlurf
Schlurf
Was glaubst du, warum ich mir eine Wohnung so nahe an der Uni genommen habe?
Damit ich bis zur letzten Minute schlafen ka...!!
Batsch
Lass ihn schon rein!

Ashioki ...
Schniff
Hast du geweint?
Ich komm rein!
K... Klar ... Nur zu ...
Pamm
Tapp
Tapp
Was hast du eigentlich für ein Outfit an?
Ist nur geliehen ... Ah!
Hier, für euch. Kommt mal zum Essen vorbei!
No.0122
Coupon
¥3,000
Was?! Fleisch für lau?!
Damit machst du mich glücklich!
Aber irgendwie ...
... ist das gruselig.

Ist was passiert?

Warum sitzt ihr beide im formellen Fersensitz da?

Ach, nur so ...

Darf ich euch ...

... was über mich erzählen?

Nick

Nick

Du bist doch ...
... ziemlich nett?
?
Hä?
Du hast mir mal eine sauber geschriebene Zusammenfassung gegeben, als ich geschwänzt hab.
Als wir zusammen übernachtet haben, hast du Eintopf gekocht und sogar abgespült.
Ach ja!
Als ich erkältet war, da hast du mir einen Riesenvorrat an Reisbrei vorbeigebracht!
Und selbst danach hast du ...
Plopp
Ashioki
Leg das Handy weg und geh ins Bett!
Ich dachte schon: »Bist du meine Mutter, oder was?«
Tipp Tipp Tipp
Bin im Bett!
Du schläfst aber nicht!
Plopp

Ich könnte noch sauviele Beispiele auf-zählen ...
... wo du ein echter Ehrenmann warst.
Mhm!
Ach so?
»Ich bin sicher ...
... dass es um dich herum ...
... Leute gibt, die bemerkt haben ...
... was für ein gutes Herz du hast.«

...
Danke.
I...
Ich bin froh ...
... dass ich euch beide habe ...
... Mitoki und Batayan.

Ashiokiii!
Oshiiii!
Heute penn ich die Nacht bei dir!
Zerr
Zerr
Batsch
Batsch
Badumm
ドキ
Badumm
ドキ
...
Sag mal ...
... kann es sein ...
... dass du einen Korb bekommen hast?
...
Na ja ...
Flapp
Sie hat einen Freund ...
... also bin ich quasi abgeblitzt, oder?

Knuff
ギュッ
Zu warm …
Knuff
ギュッ
Dann …
… heißt das …
… du gibst auf?
Na ja …

...
vorher
muss ich
noch etwas
erledigen.

Zeichen 42

Itsuomis Welt (Erster Teil)

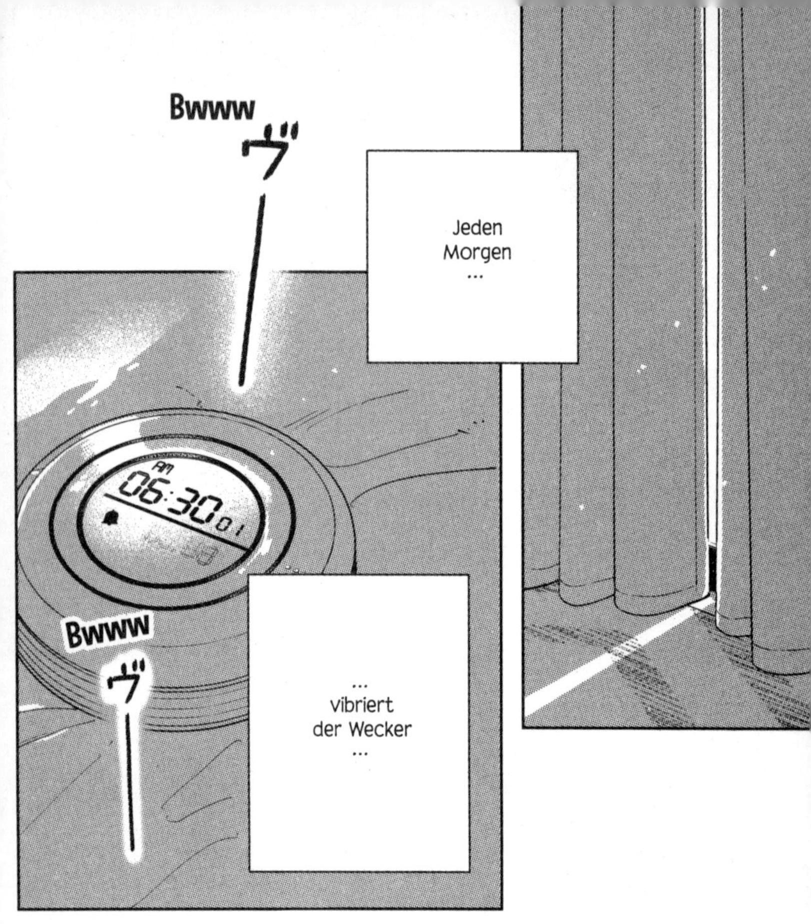
Jeden Morgen ...
Bwww
ヴ
AM 06:30 01
... vibriert der Wecker ...
Bwww
ヴ

Bwww
ヴー
ヴー
Bwww
...
wodurch
meine Freundin
aufwacht.
Bwww
ヴー
ごそ…
Raschel

Roll
じーっ
Starr
Gwitt
ぎゅ
!

Kuschel

もぞ

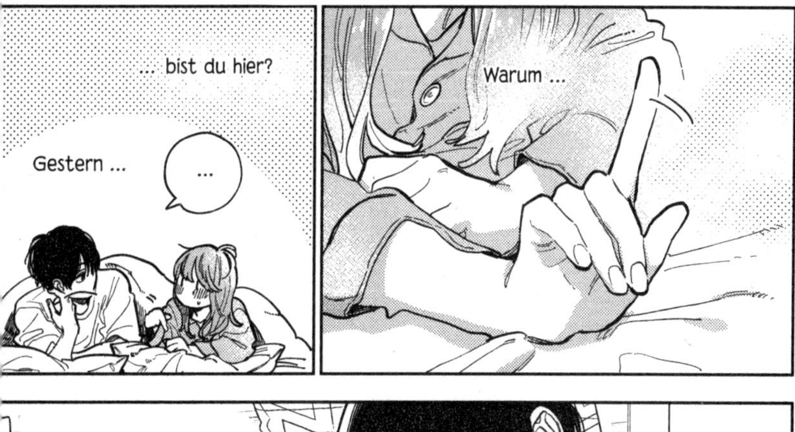
Warum ...
... bist du hier?
Gestern ...
...

... hab ich mich aufs Sofa schlafen gelegt.

Aber ich konnte irgendwie nicht einschlafen, also bin ich zu dir gekommen.
Wie kann ich ...
Dann hast du die ganze Nacht neben mir gelegen?
... ihre Welt mit Glück erfüllen?
Darf ich ab heute ...
... hier bei dir schla-fen?

Oh?
Sie wird rot.

Nick

Warum muss ich heute schon zur ersten Stunde eine Vorlesung haben?

Gestern Abend ...
... ging es ganz schön hektisch zu, was?

Was?

Sie ist deine ...

... Freundin?!

キュ〜〜ン

Fwaaah

Wieso wirst du jetzt rot?

Fwaaah Fwaah キュン Fwaah
キュンキューーン♡

Ich hab wieder eine männliche Seite an meinem Nagi entdeckt, die ich noch nicht kannte!

Na, in einer Beziehung ist es doch so ...

Man möchte die Freundin für sich allein haben und wird eifersüchtig und so ...

Bring deinen Bruder schleunigst ins Krankenhaus!

Siehst du?! Das meine ich!

Du willst bloß so schnell wie möglich mit ihr allein sein!! Immerhin ist sie deine Freundin!!

Stimmt.

Uiuiui!

Komm, Bruderherz!!

Ich entschuldige mich für ihn.

Ach, Nagi!

Lass uns mal wieder was mit Kosei trinken gehen!

Bis bald!

Tasuku hat das so dahingesagt ...

... aber möglicherweise sind wir wirklich vom Schicksal verbunden.

Ich bin Tasuku zum ersten Mal begegnet, als wir in Taiwan auf Backpacking-Reise waren.

Später sind wir uns in England zufällig über den Weg gelaufen.

Wahnsinn! So was gibt's wirklich?!

Wir sind gleich alt, unsere Elternhäuser liegen nicht weit voneinander entfernt ...

... und wir haben auch einen gemeinsamen Bekannten.

Irgendwie hat er mich ins Herz geschlossen.

Er meinte ja, er bewundere mich, aber er übertreibt voll.

Du siehst so gut aus, Nagi! Du bist ein Mann von Welt! Du hast meinen Respekt!

Darum bin ich …

… ein bisschen auf Abstand gegangen.

Wirklich?

Ob er seine Aufnahme noch bekommen hat?

Klack

ガチャ

Tasukus Bruder …

Vom Schwalbennest …

… dreht offenbar Amateurfilme.

Er wollte das Schwalbennest filmen, falls er die Aufnahmen irgendwann mal gebrauchen kann.

Dann machte er einen falschen Schritt und stürzte.

Beinahe hätte es in unserem Mietshaus einen Todesfall gegeben!
Er musste nur mit zwei Stichen genäht werden.
Schauder
ゾワ~
Wegen dieses Durcheinanders …
… musste ich die Sache, von der ich Yuki erzählen muss, wieder aufschieben.
Badumm
ドキドキ…
Badumm
Das brennt mir jetzt unter den Nägeln.
Patt
Was ist?
Wapp
Wapp
Wapp
Wapp
Wapp
Wir gehen zum ersten Mal von unserer neuen Wohnung aus zur Uni.
Ist sie nervös?
Wie süß.
Ich möchte sie …
… am liebsten für immer beschützen.

Wupp!

Wedel

Wedel

Hm?

Du hast das vielleicht nicht bemerkt, Itsuomi ...

... aber du fällst auf! Auch ohne dass du etwas dafür tust.

Wie? Wovon redest du?

Die Blicke der Frauen machen mir zu schaffen ...

ごつん
Donk
...
Sag es mir gleich, wenn etwas ist.
Nicht erst, wenn etwas passiert ist ...
... sondern schon dann, wenn es sein könnte, dass etwas passiert!
Uh ...
Patt
Buhu ...
Uwäh ...
?
Entschuldige mich kurz.

Hicks
Hicks
Was ist los?
Bist du mit jemandem ...
Aaah!
Da bist du ja, Shi!!
Haben Sie vielen Dank!
Nicht doch.
Tapp Tapp Tapp
Patt
Zum Glück ist deine Mama wieder da.

Du tätschelst anderen oft den Kopf, stimmt's?

Wuschel

Auch damals, als wir uns zum ersten Mal begegnet sind ...

Wenn du das auch bei anderen Mädchen machen würdest ...
... fände ich das ein wenig ...
Ist angekommen.
Ich schätze ...
... es war nicht okay, dass ich das automatisch gemacht habe.
...
Jetzt wird es mir bewusst ...

Vermutlich habe ich das immer gemacht ...
くしゃ Wuschel
ぐしゃ Wuschel
... wenn ich das Bedürfnis hatte, jemanden zu beschützen.
ぐしゃ Wuschel

Du willst sagen: »Ich bin stark!«?
Stimmt.
Bist ein kleiner Kraft-protz.
Yuki …
… ist süß …
… und stark.
Ihre Augen sind warm und intensiv.
Sie ist scharf-sinnig.

Ich will nicht noch länger …
… etwas vor ihr …
… verbergen.
Und außer-dem …
Yuki.

... hat sich ...
... die Stimmung zwischen uns verändert.
Ich habe dir doch mal erzählt, dass in meiner Kindheit etwas passiert ist.
Erinnerst du dich?
Nick

Sie hat bestimmt die ganze Zeit darauf gewartet.
Heute Abend erzähle ich sie dir.
Die Geschichte, die an meinem siebten Geburtstag begann.

... über Itsuomis Kindheit.

Vermutlich hat er bisher nicht darüber gesprochen, weil es schwer auf ihm lastet, oder weil es eine deprimierende Geschichte ist.

Was hat er ...

... seit seiner Kindheit ...

... fest verschlossen mit sich herumgetragen?

Erzähl es mir!
Bitte, fang an.
?
Ha ha!
Danke, dass du mich beruhigen willst.
Also dann …
Wo fange ich an?
An meinem siebten Geburtstag sind wir mit dem Flugzeug geflogen.

Ich war total ...

... aufgedreht.

Zurück können wir auch wieder ganz lange Flugzeug fliegen!

Aber es waren nicht der Flug oder die historischen Stätten ...

... die diese Reise für mich unvergesslich machten.

... die Kinder dort ...
... die in meinem Alter waren.
Es waren ...
Sie waren abgemagert ...
... und ihre Kleidung
war zerschlissen.
Mit ihren winzigen
Händen bettelten
sie um Almosen.

...

Er hält inne ...

Die Erinnerung daran ...

... tut ihm noch immer weh ...

Als wir zurück in Deutschland waren ...

... habe ich mich informiert.

Tack Tack

Auf dieser Welt ...
... gibt es Kinder, die den ganzen Tag keine anständige Mahlzeit bekommen.
Ich erfuhr von Kindern, die auf der Straße leben, ohne ein Dach über dem Kopf.
Von Kindern, die weder ihren eigenen Namen kennen noch wissen, wie alt sie sind.
Und davon, wie gering in Entwicklungsländern das Bewusstsein dafür ist, dass Kinder schutzbedürftig sind.

Obwohl wir auf derselben Erde geboren wurden ...

... müssen diese Kinder unter dem Milieu, in das sie hineingeboren wurden ...

... leiden.

Itsuomi, du kannst jetzt ins Bad!
ガチャッ
Klack
Es gibt auch Orte ...
... die nicht ans Strom-, Gas- oder Wassernetz angeschlossen sind.
In manchen Ländern gibt es sogar in den Hauptstädten regelmäßig Stromausfälle.
Ich konnte nicht einmal die Kraft aufbringen ...
... den Wasserhahn aufzudrehen.
Was erwartet sie nachts?
Und welche Hoffnung setzen sie in den neuen Morgen?

Ich fühlte mich schlecht ...
... weil das warme Wasser wie selbstverständlich aus dem Duschkopf kam.

In unseren sicheren vier Wänden hatte ich mein eigenes Zimmer ...
... saubere Laken ...
... und ein Bett.

In jener Nacht ...

... konnte ich nicht einschlafen.

Zu dieser Zeit ...
... fand ich den Blog eines Japaners.
Sein Name war ...
... Kosei.

Endlich konnte ich die Straßenkinder wiedersehen.

Er lag eine Woche lang mit Denguefieber flach ...

... aber jetzt geht es ihm wieder besser.

Er ist in den Philippinen aktiv ...

... bringt Straßenkinder in Kinderheimen unter ...

... und ermöglicht ihnen eine Schulbildung.

* Mit Unterstützung der gemeinnützigen Organisation International Children's Action Network.

... als wäre ein starker Held auf dieser Welt erschienen.
Ich war froh ...
... dass es Kosei gibt, und das bin ich heute noch.

Oh!
Das ist ein wundervoller Gesichtsausdruck.
Seitdem bewundere ich ihn.

Sowohl innerlich ...
... als auch äußerlich ...
... ist er mega-cool.
Ich möchte so werden wie er.

Schau!

Ah!

Der Mann mit dem Basecap …

Das ist der von gestern …

Ein bisschen ...

... geht die Geschichte ...
... noch ...
... weiter.

Zeichen 43

Itsuomis Welt (Letzter Teil)

Ach?
In Deutschland darf man sonntags also keinen Lärm machen?
Genau.
Wenn man früh am Morgen eine Bohrmaschine benutzt, rufen die Nachbarn vielleicht die Polizei.
Krass!!

Ich hatte unter Koseis Blog kommentiert ...
Der Sonntag ist im Christentum ein Ruhetag.
Die meisten Deutschen verbringen den Tag daher ruhig und gemütlich.
... und so kam es dazu, dass wir uns ab und zu unterhielten.
Interessant!
Da sind die Philippiner das genaue Gegenteil.
Hier singen sie sogar auf den Straßen laut Karaoke.
Wow!
Hör mal ...
... Kosei ...
Ja?
Ich ...
... habe nicht viel ...
... aber ich würde auch gerne spenden ...

...
Von einem Kind kann ich nichts annehmen.
Was?! Wieso denn?!
Genau dafür helfe ich doch bei der Hausarbeit!
Bisher kommen wir mit der Hilfe von Freiwilligen aus.
Ich bin schon dankbar dafür, dass du mir etwas über Deutschland erzählst.
So kann ich den Kindern, die ich hier treffe ...
... wieder etwas mehr über die Welt beibringen.
Itsuomi!
Ernst
Ja? Was ist?

Hast du nicht auch eine Frage über mich?

Du bist doch mein Fan, oder?

Du hast geschrieben, dass das dein erster Kommentar war!

Wupp

Bitte vergiss das wieder!

Kein Grund, verlegen zu sein!

Bin ich gar nicht!

Haha

Gut, dann lass uns ein andermal wieder Geschichten austauschen.

Du gehst aber schon brav zur Schule, ja?

Na klar!

Dann ist gut. Streng dich an!

Auch ich ...

... freute mich ...

... dass ich Kosei ...

Du auch!

コン Tock

... eine kleine Hilfe sein konnte.

Zipp

Aber alles, was ich tat ...

... kam mir so unbedeutend vor.

... unterrichtete sie in Ethik und Sport ...
... pendelte zwischen Japan und den Philippinen hin und her ...
... erhielt die staatliche Zertifizierung für seine gemeinnützige Organisation ...
... bereiste die abgelegenen Gebiete, in denen die indigenen Gemeinschaften leben ...
... erhob Daten über den Gesundheits- und Bildungszustand der dortigen Kinder ...
... überquerte die Berge zu Fuß und transportierte Baumaterialien mit Flößen, um Schulen zu erbauen.

Wie groß ...

... die Schritte eines Erwachsenen sind ...

Aber ...

... nach und nach ...
... wurden auch meine Schritte größer.
Oh!
Da bist du ja!

Freut mich, dich kennenzu-lernen ... klingt irgendwie komisch.
Hallo, Itsuomi!
Hallo ...
... Kosei!

Wie alt bist du jetzt?

Zehn.

Du bist groß für dein Alter, oder?

Findest du? Verglichen mit meinen Freunden in Deutschland bin ich eher durchschnittlich groß.

Soso.

Aber ich wette, die Mädels stehen bei dir Schlange, stimmt's?

Ist das wichtig?

Ich bin hier, um ehrenamtlich zu helfen.

... war ich aus ganzem Herzen glücklich ...
... dass ich Kosei treffen konnte.
Wen haben wir denn da?! Ist das dein Vater?!
War die ganze Zeit da.
Vielen Dank für Ihre Spende letzten Monat!
Ach, also das ...
Die Hälfte war Itsuomis Taschengeld ...
Wapp
Psst
Nicht der Rede wert ...
In Deutschland ...
... ist ehrenamtliche Arbeit für Kinder auf Tätigkeiten wie die Essensausgabe in kirchlichen Institutionen beschränkt.
Ach, tatsächlich?
Ungefähr ab der Uni nehmen viele dann selbstständig solche Tätigkeiten auf.

SCSW
Spendenbox
Okay, du kannst das nehmen.
Danke für deine Hilfe.
Bitte helfen Sie mit einer Spende!
Information
SCSW

SCSW

Vielen
...
...
herzlichen
Dank!

Irgendwie ...
... fühlt es sich toll an, etwas Gutes getan zu haben!
Danke für die Unterstützung!
Falls Sie möchten, wir bieten im Sommer eine Bildungsreise auf den Philippinen an!
Ich bin schon groß!
Broschüre
Ha ha. Ich werde es mir überlegen.
Und was macht man auf so einer Reise?
Schau hier.
Dabei geht es um den Austausch mit den Kindern in den Heimen.
Sie spielen Badminton!
Hä?! Was ist das?!!
Kann man das essen?! Das Ding ist ja riesig!!!
Diese Frucht heißt Jackfruit.
Die ist lecker!

Ach ja!
Hast du keine Fotos von den indigenen Gemeinden?
Doch!
Ich habe nur kaum welche davon auf dem Blog gepostet.
Da sind sie.

...
Darf ich diese Orte nicht besu-chen?
Diese Orte ... liegen weit abgelegen, auf anderen Inseln als Manila.
Und in einigen Re-gionen ist die Lage ziemlich instabil ... Darum ...

Darum dürfen Kinder nicht dorthin?
…
Das hat nichts damit zu tun, dass du ein Kind bist.
Wie wäre es, wenn du Briefe schreibst?
Briefe?
Jedes halbe Jahr leiten unsere Unterstützer Dankesbriefe von den Schülern aus den indigenen Gemeinden hierher weiter.
Da sie in der Sprache der Indigenen verfasst sind, legen sie auch englische und japanische Übersetzungen bei.
!!

Das mach ich!
Wir kehrten nach Deutschland zurück ...
... und eine Weile später erhielt ich meinen ersten Brief.

Hello. My name is Soan.
Hallo. Mein Name ist Soan.
Soan!
Ein schöner Name!
ooo
Vielen Dank für deine Unterstützung ...
Thank you for your support.
Vielen Dank für deine Unterstützung.
I can go to school now.
Ich kann jetzt zur Schule gehen.
I want to know about you, Itsuomi.
Ich möchte etwas über dich erfahren, Itsuomi.

I live in Germany now. I am Japanese. I am ten years old.

Ich lebe zurzeit in Deutschland. Ich bin Japaner. Ich bin zehn Jahre alt.

Thanks for writing in English. I also Study English at School. I am eight years old. I also learned Japanese Songs a little at School.

Danke, dass du auf Englisch schreibst. Ich lerne Englisch in der Schule. Ich bin acht Jahre alt. Ich habe auch ein bisschen japanische Lieder in der Schule gelernt.

Do you have any dreams for the future?

Hast du irgendwelche Träume für die Zukunft?

I want to help children around the world to be happy. What is your dream?

Ich möchte dabei helfen, dass alle Kinder auf der Welt glücklich sein können. Was ist dein Traum?

Zu dieser Zeit ...

... gab es in meinem Leben eine große Veränderung.

Meine kleine Schwester wurde geboren.

Da war ich ...

... gerade zwölf Jahre alt.

Dieses
neugeborene Leben
war so fragil.

So ein klei-
nes Wesen
...

...
hätte nicht die
Kraft gehabt, allein
zu überleben.

Ach, das macht gar nichts ...

Ich bin zurzeit auch überwiegend in Japan.

Ich halte Vorträge in Schulen und fahre von einer Region zur nächsten.

Ach so ...

Ich habe überlegt ...

…
ob ich
meine Akti-
vitäten
…
…
zuneh-
mend von
Japan
aus
…
…
erweitern
kann
…

…
Hör mal …

Soan ...
... weilt nicht mehr unter uns ...
Was?

Dass unterernährte Kinder ...
... an Infektionskrankheiten sterben, ist keine Seltenheit.
Kosei ...
Ja? Was ist?
Aber ...
... das kam mir wie eine andere Realität vor.
Darf ich dir eine Frage stellen?
Klar.
Es gibt auf der Welt viele Kinder, die Hilfe brauchen.
Warum hast du dich für die Philippinen entschieden?
... Ich ...
... liebe Bananen.
Bananen?

Es war ein Schock für mich.
Das Land, in das ich meine erste Auslandsreise machte ...
... liegt nur einen Katzensprung von Japan entfernt ...
... und doch sterben dort jährlich zahllose Kinder.
Und ich stellte mir die Frage, ob ich nicht wenigstens eine der Ursachen ...
... für solche Szenarien beseitigen könnte.

Gibt es …

… Irgend-
etwas, das
ich tun
kann?

Du
kannst
…

…
lernen.

Ohne Wissen …
… ist man in Notlagen außerstande, sich selbst zu schützen.
Dann ist man völlig wehrlos.
Heute …
… verstehe ich die Bedeutung seiner Worte.

Wenn ich mich an Soan erinnerte ...
... umarmte ich meine kleine Schwester sanft.
Sowohl Eimi als auch ich ...
... wuchsen heran.
Unsere letzten Briefe ...

I want to help children around the world to be happy. What is your dream?

My dream three meals

Mein Traum ist es, jeden T…
Mahlzeiten essen…

My dream is to have three meals every day.

Mein Traum ist es, jeden Tag drei Mahlzeiten essen zu können.

I hope your dream com

»Ich hoffe
...
...
dass dein
Traum wahr
wird, Itsu-
omi.«
Je mehr ich über die Welt lernte ...

... desto tiefer bohrte sich diese Nacht ...
... in der die Mondsichel am Himmel stand, in mein Herz.
Ich werde es nie vergessen.
Auf keinen Fall.

Ich vergesse niemals ...

... dass es auf der Welt ...

Meine Schritte ...
... sind mittlerweile genauso groß
wie die eines Erwachsenen.

Ich presche immer
weiter voran.
Dorthin, wo mein
Herz mich hinführt.

Zeichen 44
Die zwei, die sich begegnen durften

Und als ich sechzehn wurde …
… bin ich dann …
… wieder nach Japan zurückgegangen.

Als Japaner, der in Deutschland aufgewachsen ist …
… wollte ich nämlich nicht losziehen, um die ganze Welt kennenzulernen, ohne etwas über Japan zu wissen.
Meine Schwester ist noch klein.
Bestimmt vermisst sie mich manchmal. Das bedauere ich.

Aber sie ist ein starkes Mädchen geworden ...
MOTE Gefragt
MOTE Gefragt
HARIBO
... und versucht, Verständnis für meinen Traum aufzubringen, auch wenn sie dazu Abstand hält.
...

Yuki
...

Schnief
Schnief

Tut mir leid ...
Itsuomi ...

Die Emotionen überwältigen mich.

Was sind das für Tränen, die ich vergieße?

Wir beide ...

... leben ...
... in unglaublich weit voneinander entfernten Welten ...

...
aber
...

...
dennoch
...

... durfte ich dir ...

... der du an jenem Tag ...
... auf Reisen warst ...

...
heute
...

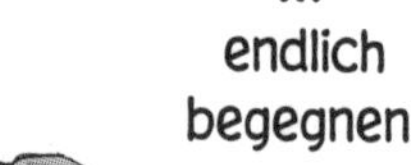

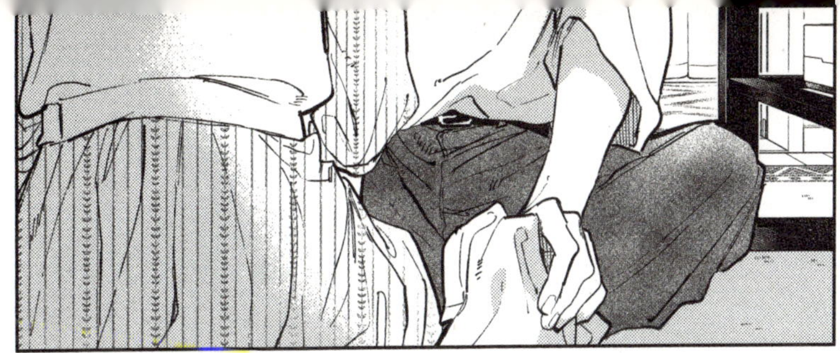

Wapp

Gwitt

ぎゅむっ

Yuki.

Eins noch ...

Lass mich noch das Wichtigste von allem sagen.

...?!

* Mit Unterstützung der Shinjuku Tennen Onsen Thermae-yu.

Fwipp
Hach, so eine Sauna ist echt toll.
Soll ich auch eine Saunamütze für Itsu kaufen?
Ah!
Was, wenn er sich von so einem unerwarteten Geschenk überrumpelt fühlt?
Ach was! Itsu freut sich bestimmt und sagt so was wie: »Jetzt können wir im Partnerlook gehen.«
Strahl
So ist er halt!
Ah, das hier …
… ist das Restaurant, in dem ich mit ihm war …

Ob er ...
... Yuki mittlerweile ...
... davon erzählt hat?
Ich habe vor, es ihr irgendwann zu erzählen.
Ich weiß auch schon ...
... wann der richtige Zeitpunkt ist.
Weil es ziemlich heftig ist ...
... kann ich es ihr nicht sofort erzählen ...

...
Ich habe Angst davor ...
... dass sie sich selbst hinter meinen Traum zurückstellt ...
... und sich dann nicht mehr traut, mir ihre eigenen Bedürfnisse mit-zuteilen.

Itsu …

Ich werde eine Saunamütze bestellen!

Prima! Jetzt habe ich einen Vorwand, ihn zu sehen!

がば

Schwupp

Zappel
Ich muss mich mental bereit machen!
Zappel
Alles klar!
Hau ruck! Hau ruck!
Taumel
All...

Ah
...

Was
mache
ich hier
...

...
eigent-
lich?

... so verletzlich wie noch nie.

Er möchte mir ...

Wenn ich Kinder in Soans Alter sehe ...

... erinnern sie mich an ihn. Auch heute noch.

... etwas Wichtiges sagen.

Selbst wenn ich …
… hier in Japan bin.

Wenn er so ein Gesicht macht …

… möchte ich unglaublich gern …

… ganz nah bei ihm sein.

Gibt es etwas ...

... das ich für ihn tun kann?

Gwipp

Ich möchte ...

... dass du mir deine Bedürfnisse unverblümt mitteilst.

Obwohl ich immer nur meinen Traum im Kopf hatte ...

... sind wir nun hier.

Ich werde mich aber nicht dafür entschuldigen, dass wir uns begegnet sind.

Sondern dich umso mehr wertschätzen.

Das wollte ich dir ...

... am allermeisten mitteilen.

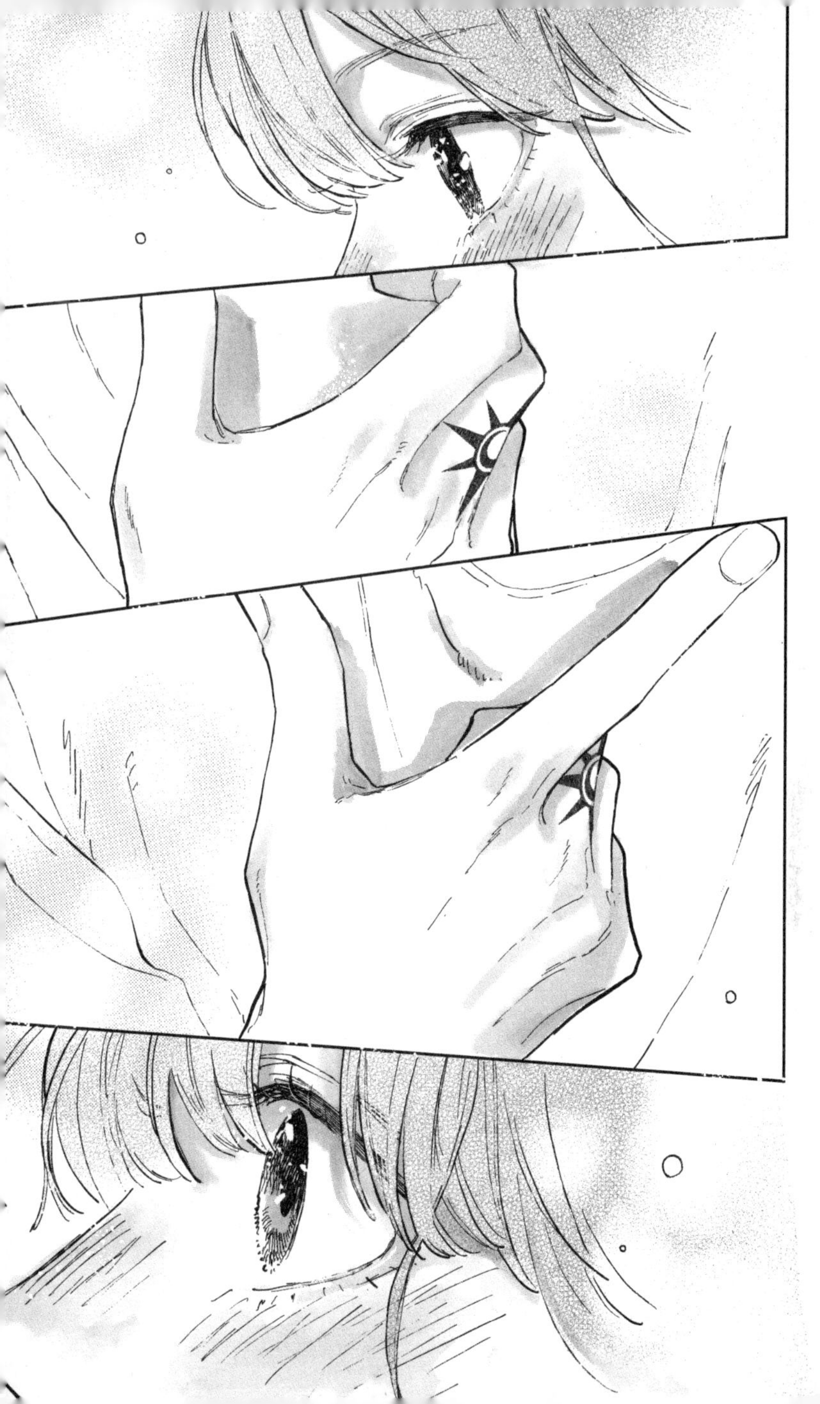

Ich
...

... liebe dich.

Er hat zum ers-ten Mal gesagt ...
... dass er mich liebt!

Eine Liebeser-klärung ...
... und da-nach ein Kuss ...

Eine sanfte Berüh- rung …
So verlegen war ich noch nie …
… aber unsere Gefühle …
… waren noch nie so sehr im Einklang wie heute.

Ist es in Ordnung …
… wenn wir uns diesem Moment hingeben?
Von jetzt an …
… können wir die gleiche Mondsichel betrachten.

Ich will es sehen.

ドキ
Badumm
ドキ
Badumm

Kuschel
ころん

Waaaah!!
Gerade heute, wo wir so ein ernstes Thema besprochen haben!!
Aber er sagte ja, dass ihm meine Bedürfnisse auch wichtig sind!

Patt
ぽん
Patt
ぽん

Will er mich in den Schlaf wiegen?!

Ich bin kein Kind mehr!

Hör mal ...

?

BWW
BWW
BWW

!!

ぱっ Wapp
?!

Das ist bestimmt …
… ein Zeichen …

... dass uns wieder ...
Oshi fragt ...
Wollen wir uns zu dritt treffen, du, Yuki und ich? Es gibt da einen Ort, wo ich mit euch hin möchte.
... ob wir uns zu dritt treffen wollen!
... etwas Aufregendes erwartet!
Fortsetzung folgt in Band 12

Für die Rohskizze der letzten Seite von Kapitel 43 hatte ich noch eine zweite Version vorbereitet. Wir haben uns dann gemeinsam beraten und entschieden, die Version zu nehmen, in der nur die Hände zu sehen sind.

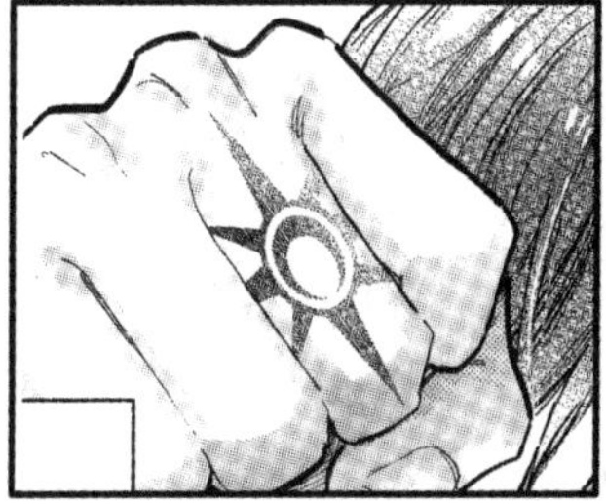

Itsuomis Tattoo stellt einen Kompass aus einer Sonne und einer Mondsichel dar.

Im Jahr 2023, mitten in der unerbittlichen Hitze des Spätsommers, durften wir dem Synchronstudio einen Besuch abstatten.
TV-Anime
Ein Zeichen der Zuneigung
Bericht über die Synchronaufnahmen
An diesem Tag standen die Aufnahmen für die vierte Folge an, aber das Bildmaterial war zu diesem Zeitpunkt schon so gut wie fertig! (Das kommt offenbar nur extrem selten vor.)
Zuerst möchten wir euch Sumire Morohoshi vorstellen, die Yuki gesprochen hat.
Wir dachten, dass es sehr schwierig sein muss, ihre Rolle zu spielen, da Yukis Stimme grundsätzlich nur in ihren Gedanken zu hören ist, aber …
Die Synchronschauspieler stellen wir als die jeweilige Figur dar, die sie spielen.
Uns wurde richtig warm ums Herz, weil ihre Stimme so zart war.
Dann wiederum hatte sie Charakter.
Dann wiederum weckte sie in uns den Wunsch, sie zu beschützen …
Skizze von den Aufnahmen
Es war fabelhaft, wie gut sie mit den Monologen harmonierte.
Ihr zarter Rücken weckte auch den Wunsch, sie zu beschützen …

In der Pause haben wir noch eine Portion von ihrem bezaubernden Wesen abbekommen.
Sie winkt, während sie auf uns zukommt ... Wie entzückend!
... Yu Miyazaki, der Itsuomi gesprochen hat.
erbeug
Der Regisseur und die Tonregisseurin waren bereits seit ihrer Begegnung beim ersten Vorsprechen von ihm begeistert!
Weiter geht es mit ...
☆ Skizze von den Aufnahmen
Die finale Entscheidung fiel einstimmig auf ihn. Wir entdeckten nach und nach immer mehr von Itsuomi in ihm. Nicht nur wegen seiner Stimme, auch wegen seiner Art zu sitzen zum Beispiel.
Yu Miyazaki
Takeo Otsuka
... gelang es keinem der Zuschauer im hinteren Bereich, weder Frauen noch Männern, still zu sein.
Awww
Haaach! Oshi ist auch süß!
Bei diesem Wortwechsel mit Oshi ...
Yuki hat gesagt, ich darf das.
Für seine Rolle besuchte er sogar eine deutsche Sprachschule.
Team Englisch-Muttersprachler
Er hatte auch ein paar englische Sätze, deren Aussprache er bis kurz vor der Aufnahme noch mithilfe der Muttersprachler, die die Ausländer gesprochen haben, geübt hat.

Und ansonsten haben die beiden Rivalen ...

... in der Pause einträchtig die Snacks gegessen, die wir als kleine Aufmerksamkeit mitgebracht hatten.

Ein Herz und eine Seele

Weiter geht es mit Kaede Hondo, die Rin spielt.
Kyoya ist ja putzig! ♡
Und sie war erst recht putzig, als sie diesen Satz gesprochen hat!

In den humorvollen Szenen hat sie immer für Stimmung gesorgt und war trotzdem ruckzuck fertig. Sie hat definitiv was auf dem Kasten!
Let's go!
Skizze von den Aufnahmen
Es sah auch putzig aus, wie sie mit vollem Körpereinsatz gestikulierte!!

Auch wie Rin in Kyoyas Gegenwart total panisch wird, hat sie richtig süß gespielt.
Die Zuschauer werden sie bestimmt auch unterstützen wollen!
Aaargh!

An diesem Tag waren viele Sprecher vor Ort, so auch Nao Toyama, die Ema gesprochen hat.
Freut mich! ♡
Bei ihrem ersten Auftritt hat sie die Sturzbesoffene hervorragend gespielt, ha ha!

Kaede Honda und Sumire Morohoshi haben sich so gut verstanden, dass auch ihre Szene unter vier Augen sehr herzerwärmend war.
Sie sprechen ins selbe Mikrofon.
Wie süß ...

Ema könnte man schnell für die böse Rivalin halten, aber Nao Toyama hat auch ihre tapfere Art gut zum Ausdruck gebracht. Dank ihres Einsatzes werden die Zuschauer sie hoffentlich auch als süß betrachten und nicht nur als Rivalin ansehen.

Itsu ist so ein Idiot!

Sie hat Emas Charme zur Entfaltung gebracht. ♡

Und natürlich darf auch die Figur nicht fehlen, die viele gemeinsame Szenen mit Ema hat. Tasuku Hatanaka spielt die Rolle von Shin.

Hier ist er gerade im ausgenüchterten, feinfühligen Modus, nachdem er sturzbesoffen war.

Er hat sich immer von allein gemeldet und um eine Wiederholung gebeten, wenn er nicht zufrieden mit sich selbst war.

Das möchte ich noch mal machen.

Ich auch ...

Und last, but not least möchten wir euch Ryota Osaka vorstellen, der Kyoyas Rolle spielt.

Er hat schon einmal in einem unserer früheren Werke einen Charakter gesprochen.* Er ist äußerst hilfsbereit.

Kyoya war ausgesprochen Kyoya-haft … Seine Freundlichkeit kam richtig durch.

Wenn man sich mit ihm unterhält, schaut er einem direkt in die Augen. Das hinterlässt Eindruck. Er ist wie der große Bruder des Synchronteams.

Lange nicht gesehen!

Wir weinten vor Wiedersehensfreude.

* Kawasumi auf der Drama CD von *Daily Butterfly*.

Auch die Stimmen der Synchronschauspieler, die an diesem Tag keinen Auftritt hatten, entsprechen genau unseren Vorstellungen von den Figuren.

Minami Takahashi als Izumi.

Yuki Masuda als Yukis Mutter.

Gakuto Kajiwara als Mitoki.

Koki Arai als Batayan.

Hana Hishikawa als Madoka.

Sie geben sich alle die größte Mühe …

(ππ)

Yoko Yonaiyama, die Drehbuchautorin, kontrolliert die Lippengeräusche, wenn die Gebärdensprache zum Einsatz kommt.

(Und sie hat auch die Leitung über alles, was die Gebärden betrifft.)

Mhm Mhm

Die Tonregisseurin, Hiromi Kikuta, kennt die Figuren in- und auswendig.

Symbolbild, wie Hiromi Kikuta die Figuren versteht und unter ihre Fittiche nimmt.

Immer wenn wir Yuta Murano, den Regisseur, getroffen haben, wurden wir von seinem Enthusiasmus überwältigt.

Regisseur

Brodel

Es fühlt sich fast so an, als würden wir die Manga-Adaption eines Animes zeichnen. Wir können hier gar nicht alle nennen, so viele Personen haben mitgewirkt. Das tut uns leid, aber wir werden uns die Credits im Abspann ganz aufmerksam durchlesen. Bitte schaut euch den Anime von *Ein Zeichen der Zuneigung* unbedingt an!!

Ende

Ein Zeichen
der Zuneigung

Nachwort

Danke an alle, die sich die Anime-Adaption von *Ein Zeichen der Zuneigung* angeschaut haben!

Konntet ihr spüren, mit wie viel Liebe sie produziert wurde? Es ist wirklich schade, dass sie schon wieder vorbei ist. Sollte sich je die Gelegenheit ergeben, würden wir gerne mal mit allen Beteiligten einen Tee trinken gehen. ✧✧

Dank des Animes kamen wir mit Leuten aus einer Branche in Kontakt, zu der wir sonst überhaupt keine Verbindung haben. Dabei hatten wir eine Menge Spaß und haben auch viel gelernt. Es war uns eine Ehre, die Beteiligten kennenlernen zu dürfen. Dank Streamingdiensten kann man den Anime sogar immer wieder ansehen!

Mit diesem Band hat der Manga auch endlich einen Punkt erreicht, auf den wir lange hingearbeitet haben. Es wird aber noch ein Stückchen weitergehen. Wir werden uns ins Zeug legen, damit ihr weiterhin viel Spaß mit der Serie habt! Ohne euch treue Leser wäre das alles nicht möglich. Vielen Dank!

suu Morishita

Special Thanks

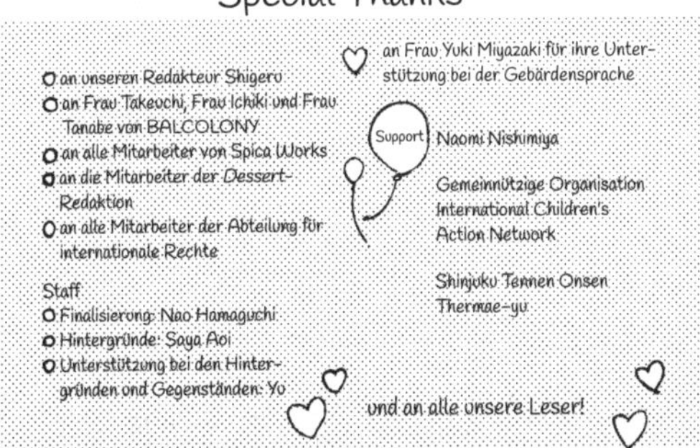

Deutsche Ausgabe / German Edition
Altraverse GmbH – Hamburg 2024
Aus dem Japanischen von Diana Hesse

YUBISAKI TO RENREN

Redaktion: Anne Faltin
Herstellung: Cathrin Hamester
Lettering: Vibrant Publishing Studio

Druck: Nørhaven A/S, Viborg
Printed in Denmark

ISBN 978-3-7539-3267-5
1. Auflage 2024

www.altraverse.de